石の響き

立石武男歌集

現代短歌社

序

さいたま文学館主催の「文学創作講座」が開かれたのは平成二十三年の二月から三月、講座室は五十余名の聴講生で埋まっていた。その最前列のいつも同じ席で、熱心にメモを取っておられたのが立石武男さんであった。創作講座の終了後、有志の方々によって「文学館短歌会」が創られ、現在に至っている。初めての出会いから四年、このたびの立石さんの歌集上梓は、共に熱い時間を過ごしてきた会の仲間にとっても嬉しいことである。

本集に収められた三百余首は、立石さんのまるごとの人生であり、戦中戦後を懸命に生き抜いた家族の物語である。

出征の記念写真のまん中で日の丸の旗持つボクは三歳
吾と妹を母に託して夕闇の品川駅より父出征す
焼け跡に立ち尽くしたりぽたぽたと水道管から漏るる水滴
家に待つ妹のため給食のコッペパン半分残しおきたり

敗戦後の貧しき日日に飼っていた金糸雀の声金色だった

本集は四章から成り、第一章は「父の出征」に始まる。日の丸の旗を振り「バンザイ」三唱で出征兵士を見送った往時を記憶する人は、もう少なくなってしまった。作者もまだ三歳であったという。「父の出征」の一連は遠い記憶を手繰り寄せるように歌われている。食べたい盛りの少年が、まだ未就学児の妹のために、給食のコッペパンを半分残すという切ない四首目。然し五首目には明るい明日への希望がある。敗戦によってすべてを失くしてしまった灰色の景のなかに、一筋の光のように響く金糸雀の声。そう、カナリアの声はキラキラ眩い金色だったのだ。

雨降れば駅までの径泥濘みて泥長靴で都庁に入る

駈け上がり閉まる扉に滑り込む高崎線の通勤電車

早稲田より父母乗せ雪の国道を北本目指しハンドル握る
帰宅後は父との囲碁を日課とし石音ひびく二世帯住宅
吐く息の凍りそうなるシベリアと父は呟きパチリ碁石《いし》置く

独立をし埼玉県北本市に一戸を構えた作者。北本市は埼玉県中部に位置し、東京の衛星都市化が進み発展した街である。通勤電車の混雑は予想を遥かに超えたもので〈痛勤電車〉などと揶揄された。都心の職場に通う者にとっては正に命がけの通勤だったようである。三首目には両親との同居をきめた安堵感が歌われている。二世帯住宅での生活も落ち着き、父親と碁盤を囲む日々が始まる。四首目にはさまざまな葛藤を乗り越え、穏やかな日常に身を置く父と息子の姿がある。シベリアの捕虜生活について一切語らなかったという父がふと呟いた一言が重たい五首目。心の奥底の悲傷が「父の呟き」から聞こえてくるようである。

商売の無理がたたりしゆえなるや入退院を繰り返す父母
父の手をとりて歩みし遊歩道小春日和に落葉を踏んで
同居して八年のちに母逝きぬ　後追うごとく父も逝きたり
会話なくも父と打ちたる一万局　柩にそっと碁石を入れる
シベリアを遂に語らず逝きし父大学ノートに記されし記録
戦いを知らず生ききて六十年今こそ読まん「父のシベリア」
父書きしシベリア抑留申告書公文書館の書庫に在りたり

戦後、慣れない商売を始められたというご両親の苦労は、並大抵のものではなかったであろう。生きるために、ひたすら子供のためにと懸命であった親の強さを思う。同居をされて八年、入退院を繰り返した後に母上が逝き、後を追うように父上も旅立たれた。その間の親身な介護の日々が連作として濃やかな視点で歌われている。心の会話を交しながら父と対局した囲碁一万局。余情を廃し、悲しみを抑えた四首目の背後には、作者の万感の思いが込められている。亡くなられてからその存在を知った「シベリアノート」は、立石さんのその後の生き方を方向づけるものであった。

捕虜となり背嚢負いて行軍す十里のシベリア夜露の野宿
働きて働かされてシベリアの極寒のなか餓えに苦しむ
朝の来て目覚めぬ者こそ果報者父母の許へと魂かえる
雪道に転がる馬糞も石ころも薯に見えたる飢餓のシベリア
白樺の肥やしにだけはなるものか歯を食いしばり食いしばり生く
高砂丸の黄ばみし畳に正座して溢れ来るものに涙止まらず

遺された「シベリアノート」を基に作者が父に成り代わって詠った連作である。父の思いが作者に乗り移ったかのような気迫ある作品群である。寒さと餓えに苦しみながら過酷な労働を強いられた捕虜の日々。「朝の来て目覚めぬ者こそ果報者」…生きることは死ぬより辛い日々だったのだ。戦後七十年、戦争に駆り出され、命を落とされた人々、捕虜になり九死に一生を得て帰還した人々…大きな犠牲のもとに現在があることを、いま一度再確認させられるインパクトある作品である。

立石さんは先にエッセイ集『父の一手』を出版している。膨大な参考文献を基に、日本が戦争に突入してから敗戦に至るまでを顕彰した貴重な一冊である。

広島の真夏の空に夾竹桃　かの日も赤々咲きていし花
ドームより涼風ありて眼を閉じるまた思うなり父のシベリア
稲佐山山頂に立ち夜の風につかれ果てたる身体吹かるる
沖縄は激戦の地基地の町　今し飛び立つ米空軍機
沖縄の夜の海岸を歩みつつ電話で妻に波音聞かす

広島、長崎、沖縄の旅終えしなり　最後に行かん父のシベリア

ご両親を彼岸に送り、定年が間近となった作者は被爆地広島、長崎、そして激戦の地、沖縄の旅に出る。広島、長崎は一九四五年八月、米軍に投下された原爆により廃墟と化した。全てが焼き尽くされた中に、赤々咲いていたという夾竹桃。なにごとも無かったかのように、澄み渡った八月の空に咲く花を見上げながら「かの日」に思いを馳せる作者である。戦後七十年経ても尚、空軍機が飛び交う沖縄。現在も戦後とは言えない状況下にある沖縄である。作者は生死を分けた「チビチリガマ、シムクガマ」のほの暗い壕に入り、九死に一生を得て帰還した父を思うのである。「シベリアノート」から始まった立石さんの父を辿る旅も、ようよう終わりに近づき、あとはシベリアを残すのみとなった。

吾の腹に人工血管、心臓にバイパス三本新設されし

さあ今日も入院生活始めます補聴器付けて回診を待つ
患者みな窓に寄りきて眺めいる小江戸伊佐沼の打ち上げ花火
病室の窓より眺める大花火彼の世とこの世を繋ぎてひらく
癒えてゆく手術後半年露地菊の清らに匂い咲きそろう庭

立石さんは「あとがき」に記されているように、腹部大動脈瘤、心臓バイパスの手術等々、一つだけでも戦《おのの》いてしまいそうな病いを幾つも克服しておられる。持ち前の明るさ、前向きな姿勢、精神力の強さが、困難な病いを乗り越える大きな原動力となったのであろう。入院生活のどの歌も湿り気がなく、素顔の立石さんが穏やかな表情で佇んでいる。「バイパス三本新設されし」「さあ今日も入院生活始めます」など、入院生活を楽しんでいるかのように、さらりと明るい。同室の患者と共に見上げた伊佐沼の打ち上げ花火の美しさは生の実感そのものであり、立石さんはきっと忘れることはないだろう。

満開の桜花を水面に映す池つがいの鴨か睦まじく浮く
孵化したるメダカ百匹二百匹初日を浴びてスイスイキラリ
河川敷に台風一過の水たまり入道雲がゆっくりと過ぐ

立石さんはよく散歩されるという。豊かな自然に囲まれた日常生活の中から、伸びやかな作品がいくつも生まれている。どの作品も視点が濃やかで、場面が的確に捉えられ、水彩画のような優しさがある。

本集には、戦中戦後の厳しい時代を、直向きに生き、家族を守り、走り続けてきた一人の男性の姿がある。同時代を生きたわれわれに普遍的に訴えかけてくる力を持つ作品集である。

平成二十七年二月

平林静代

目次

石の響き

吐く息の凍りそうなるシベリアと父は呟きパチリ碁石《いし》置く

第一章

父の出征

出征の記念写真のまん中で日の丸の旗持つボクは三歳

吾と妹を母に託して夕闇の品川駅より父出征す

妹を背負いし母に手を引かれ走り逃げたる東京空襲

空襲の田端を逃れ駒込へ母子三人の三畳一間

焼け跡に立ち尽くしたりぽたぽたと水道管から漏るる水滴

金糸雀

カタカナがひらがなとなり戸惑いぬ民主教育の一年生は

入学の視力検査の不合格栄養失調に眼《まなこ》かすみて

焼跡に腹を空かせし小学生美空ひばりの写真ポッケに

家に待つ妹のため給食のコッペパン半分残しおきたり

「父なし子」と苛められたる兄妹は路地に遊びて母を待ちいし

敗戦後の貧しき日日に飼っていた金糸雀の声金色だった

父の帰還

大熊のような男が現れて十歳のボクを見詰めて立てり

「武男か」と小さな声が尋ねたり　父の帰還を知りしそのとき

「日本の冬は寒くない」と父は言い裸になりてボク驚かす

母と子の小さき世界たちまちにシベリア還りの父に壊さる

真夜中に父母の喧嘩の声聞こえ吾は妹と手を握り合う

復員せし父が怖くて避けおれば「おまえはバカだ」とまた殴られる

「スターリン死せり」の号外買い求むわが父は強制収容所《ラーゲリ》に五年過ごしき

早稲田商店街

店出すと都電早稲田商店街のバラック建ての長屋に移転す

商売をほったらかして碁会所へシベリア帰りの父の駄目詰め

軍隊で覚えてきたと父は言い吾と妹に囲碁を教えき

寒き夜の足先冷ゆる傍らに焼酎呑み寝る父は湯たんぽ

父言いき　扁平足のおまえには徴兵制度がなくて良かった

四手網《よつで》に捕らえし神田川の鮒、鰌夕餉のおかずに七輪で煮る

神田川またも氾濫　バラックに汚水流るるを母の嘆きぬ

失敗続きの父の商売　焼酎に酔い潰れては母泣かせたり

父母《ちちはは》の再起賭けたる商売の居酒屋「三笠」開店したり

暖簾の前に父母並ばせてシャター切る五月吉日開店の日に

籠を持ち父はバイクで魚河岸へ朝早くから店の仕込みに

ライスカレー

父親に反対されたる就職先安月給の東京都なり

中央大学の夜学の帰りに立ち寄りし古書店裏の餃子屋「おけい」

地下食堂ライスカレーは五十円もっと食べたい勤労学生

他人《ひと》よりも多く盛りくるるライスカレー同じ早稲田に住む少女なり

全学連の樺美智子さんデモに死す　樺教授は臨時休講す

休講の夜の校舎を後にして神保町のパチンコ店へ

革命を夢みて安保反対のデモに行きては父と諍う

ちちははの営む居酒屋嫌いたり逃げ場を求めて二十歳《はたち》の彷徨

直滑降

男体山中禅寺湖を従えて輝きて落つ華厳の滝は

石走る垂水を求めきみと来て日光黄菅の群落に遇う

冬の間の植物園は閉ざされて鹿の足あと池塘に残る

裏見の滝の山育ちですと言うきみはナースとなりて東京に行く

槍ヶ岳めざして職場の友と発つ新宿駅の雑踏あとに

谷川岳わが青春の直滑降天神尾根にシュプール描きて

遠距離通勤

妻娶り高、遠、狭の新居なり住宅難の波を被りて

東京駅より五十キロ北高崎線北本駅前飯屋が一軒

飯屋から楊枝くわえて渡世人現れそうな夕暮れである

雨降れば駅までの径泥濘みて泥長靴で都庁に入る

五時終業　脇目も振らず北本の新居を目指す遠距離通勤

嬰児の一日《ひとひ》を語る新妻の瞳清らに輝きており

休日は荒川土手に小鮒釣り豊かな自然に早稲田を忘る

満開の桜花を水面に映す池つがいの鴨か睦まじく浮く

大空の鷹の幼鳥急降下広げし羽に青空透ける

野鳥の森妻と歩めば鶯のこえ風に乗り柳絮の舞えり

高崎線

一時間に一本のみの高崎線ホームに列なし乗車を待ちぬ

駈け上がり閉まる扉に滑り込む高崎線の通勤電車

駅のホームに積み残されし客のあり窓から降りる乗客もいて

満員の高崎線の駅に着き終バスめがけ団地族は走る

超満員ラッシュアワーに遅れあり今日も我慢の遵法闘争

遵法の遅延に耐えたる通勤者高崎線へ実力行使す

住宅のローンの鎖につながれし企業戦士は一揆を起こす

四十年乗りつづけたる高崎線上尾事件の痛勤忘れじ

（上尾事件　組合が遵法闘争として列車を遅らせる戦術に対し上尾駅で旅客が起こした騒動）

通勤の苦労を共にせし我ら高崎沿線の花見に集う

増築の家

狂乱物価の波被りしも増築し父母迎えんと準備をしたり

一日中工事現場の住まいなり子供の怪我にほとほと疲る

竣工すれど夢の住まいと違いたり思い込みなる図面を眺む

父親は六十五歳を区切りとし居酒屋「三笠」を閉店したり

早稲田より父母乗せ雪の国道を北本目指しハンドル握る

若きより都心に住みし父母《ちちはは》を還暦過ぎてわが家に迎う

孫を抱く笑顔の父に驚きぬこんな姿もあるを知りたり

増築の家より漏るる笑い声　悲しみの声などこぼれぬように

石音ひびく

帰宅後は父との囲碁を日課とし石音ひびく二世帯住宅

呑んで打ち打っては呑んだ囲碁の日々父と息子の会話あらずも

母親は対局中の傍らにお茶と煎餅そっと置きゆく

この年の納めの囲碁は勝ち越せりうちも打ったり三百局を

孫達との同居に安らぐ父母《ちちはは》はふたり子見守り笑顔絶やさぬ

名人戦テレビ対局秒読みに声は無情に時間が過ぎる

父母の介護

商売の無理がたたりしゆえなるや入退院を繰り返す父母

足痛い歩くの辛いと臥している父受け入れぬ脊髄手術を

手術後に父の認知症はじまりて盤に碁石をばら撒いている

病む母は認知症の父と連れ立ちて家の周りをふらふら歩く

父母《ちちはは》の枕も上がらぬ日の続き食事、風呂にと介護に追わる

母もまた痴呆になりしや食べ物に毒を盛らるるなどと言いたり

わが町の養護施設は満員で家政婦さんを頼みの介護

一万局

ふた親は同じ病室　安き日々願いおりしが母の逝きたり

寝起きする部屋に仏壇置きたるに「おかあさんは」と父は尋ねる
「おかあさんはこの仏壇に」と答えれば父はうつむき涙を零す

父の手をとりて歩みし遊歩道小春日和に落葉を踏んで

同居して八年のちに母逝きぬ　後追うごとく父も逝きたり

会話なくも父と打ちたる一万局　柩にそっと碁石を入れる

父母の葬儀終えて鏡を覗き見る　四十九歳のわが白き髪

割烹着姿の母を探してる幼き頃の夢をまた見て

第二章

父のシベリア

シベリアを遂に語らず逝きし父大学ノートに記されし記録

戦いを知らず生きて六十年今こそ読まん「父のシベリア」

ノートにはロシア語のあり英語あり軍隊用語も混じりていたり

父の残しし記録を読めば現《うつつ》との大きな差異に言葉もあらず

父書きしシベリア抑留申告書公文書館の書庫に在りたり

藁半紙鉛筆書きの申告書父の直筆今手にしたり

上陸港記載の欄に鶴はなく「舞」と一文字大きな草書

探しあてし父の戦友ただ一言「おぼえていません」と言い残し　逝く

眠りいる身上申告書を目覚めさせせかの大戦に光をあてん

黒パンを凝視する顔顔顔顔　兵の描きし餓鬼のシベリア

一念発起

軍隊を調べんとし一念発起休暇をとりて戦史を探す

終戦時父の所属は輜重《しちょう》兵第一二三連隊満州孫呉《そんご》

輜重とは武器食料を輸送する兵と知りたり　落胆したり

「輜重輸卒が兵隊ならばてふてふとんぼも鳥のうち」の唄に驚く

敵弾に撃たれ死ぬより病死餓死あまたありしと知りて悔しき

将校は商売上手下士官は道楽者と戯れ歌のあり

シベリアと境いの軍都孫呉には秩父、霧島、松風町もあり

ソ連軍と戦闘中の北安《ぺいあん》のラジオに聞きしとう玉音放送

「シベリアノート」父に代わりて詠う

捕虜となり背嚢負いて行軍す十里のシベリア夜露の野宿

満員の貨車の着きたる収容所ロシアの囚徒と入れ替わりたり

ノルマにて雪の降る日も伐採と鉄道作業、岩石爆破

働きて働かされてシベリアの極寒のなか餓えに苦しむ

朝の来て目覚めぬ者こそ果報者父母の許へと魂かえる

白樺の肥やしにだけはなるものか歯を食いしばり食いしばり生く

夜間には政治学級の講師となり早き帰国に望みをかけて

シベリアの洗脳教育に反動と吊し上げられ奥地へ移さる

シベリアの五年の間に巡りたる二十余箇所の強制収容所

雪道に転がる馬糞も石ころも薯に見えたる飢餓のシベリア

高砂丸にて帰還

シベリアと今し別れむ革命の歌合唱しつつ高砂丸に乗る

船内で身上申告書を書かされぬいかに戦いシベリアに行きしかと

高砂丸の黄ばみし畳に正座して溢れ来るものに涙止まらず

辛苦五年いまし別れのシベリアの山々小さくなりて消えゆく

父の一手

遺されし父のノートを纏めんと定年間近の文章教室

通いたる文章教室は新宿の超高層ビル四十八階

教室にシベリア還りの人も居て父のノートのロシア語訊ねる

軍令を見つけましたと報告す文章教室に拍手の起こる

抑留の父の怨念乗り移り上梓成したる『父の一手』を

（『父の一手』は遺された詳細なノートを基に可能な限りの資料を集めて
二〇〇五年に上梓した父と家族の記録の書である）

落花

終バスは赤いライトを灯しつつ客ふたり乗せ夜に消えゆく

視力聴力弱くなりしが桜木の鶯見たり声も聞きたり

公園のベンチを覆う花びらを指に払いて暫しを休む

歌会の余韻を懐き公園の落花浴びつつ家路をたどる

幾たびか出逢い重ねて噂たつそんな思いをしてみたきもの

本好きは子供のころから図書館の書棚はいつも話しかけくる

千羽鶴

定年も間近となりて広島へ　シベリアノートは鞄に重し

大江健三郎の『ヒロシマノート』読みながら新幹線の団体列車に

職場から託され持ちこし千羽鶴「きれい」と子供ら駆けよりてくる

世界大会の腕章ワッペン身に付けて汗流しつつ会場へゆく

広島の真夏の空に夾竹桃　かの日も赤々咲きていし花

ドームより涼風ありて眼を閉じるまた思うなり父のシベリア

厳島神社を歩む鹿の目に八月六日の朝光映る

広島のもんじゃ焼きと冷や酒に真夏の暑さをしばし忘るる

浦上天主堂

長崎の平和祈念像の前に立ち小雨のなかの式典を見る

稲佐山山頂に立ち夜の風につかれ果てたる身体吹かるる

原爆病認定裁判国敗訴シベリア抑留の補償未だし

資料館原爆被害を乗り越えて日本の加害も示していたり

忘れまじ消去なしたるその姿廃墟となりたる浦上天主堂

特措法にて少し溶けしか凍りたるシベリア抑留の補償の行方

二世帯家族

それぞれがそれぞれに生きて二世帯の家族に八月の朝は始まる

子に読みし「浦島太郎」を孫に読む婆さんの声艶の増しくる

孫を膝に乗せて絵本を読みてやる雪の降りつむ如月の夜

碁会所に寄らんとするにわが家の犬は拒みてテコでも動かぬ

この囲碁は勝っても負けても止められぬ親の死に目に会えぬは然り

負けの碁も打てる幸せ嚙みしめて湯呑み茶碗の酒ちびり呑む

テレビ碁の秒読む声と石の音遠のきいつしか午睡に入りぬ

健康のためにと始めしテニスなり土曜日曜ラケット握る

ドライブしハイキングをしテニスして　朧月夜の宴ははずむ

猛暑とて北風強き真冬とてテニスコートに馳せ参じたり

激戦の地へ

沖縄の観光旅行しないとは珍しいですねとガイドさん言う

ひめゆりの塔のかたえに素朴なる戦死者慰霊魂魄の塔

熾烈なる最期を遂げし司令壕「沖縄縣民斯ク戦ヘリ」

沖縄は激戦の地基地の町　今し飛び立つ米空軍機

沖縄のガマに入りて収容所に耐えたる父のまぼろしを見る

激戦地チビチリガマにシムクガマふたつのガマが生死を分けし

沖縄戦「自決」なしたるチビチリガマ　サイパン帰りの将校の断

沖縄戦「生きる」を選びしシムクガマ　ハワイ帰りの英知の人よ

春風に煌めく海原万座毛独り旅して琉歌に聴き入る

独り旅ふらりと入る居酒屋のゴーヤチャンプル、泡盛旨し

沖縄の夜の海岸を歩みつつ電話で妻に波音聞かす

広島、長崎、沖縄の旅終えしなり　最後に行かん父のシベリア

第三章

窓をゆく雲

酒を呑み降圧剤を飲みつづけ動脈硬化瘤となりたり

ＣＴで見付けだされしヘルニアと腹部大動脈瘤破裂寸前

五時間も手術室から出てこぬと子等はわが掌をさすりつつ言う

医師曰く手術は無事に終了せり血管は古き輪ゴムに似ると

腹部大動脈に人工血管埋め込まれ　眼《まなこ》に追いぬ窓をゆく雲

朝光の輝き満つる病室に妻子の笑顔　今日は退院

大手術乗り越え正月迎えたりやわらかに差す朝のひかりは

手術終え深山越え来し心地する　古稀を迎えし新しき年

このまんま日向ぼこのまま眠りたい眠り続けたい　そんな日もある

「病後の自覚ない」と担当医師に言われたり腹部大動脈瘤術後一年

術後二年の健診終えて異状なし　執行猶予解かれし思い

月一度定期検診薬受領朝晩服用生存確認

退職後は病院通いに眺めいる高崎線通勤列車時刻表

診察券挿入すれば受付票に「お誕生日おめでとうございます」の印字

古いアルバム

いくたびかパスポートの更新重ねしに海外旅行いまだ果たせず

荒川の流れの岸にひとり立ち大きな声で詩を吟じたり

思い込みで失敗しては後悔を繰り返すなり性懲りもなく

古いアルバム断捨離せんと思いしが断捨離すべきはわれかもしれぬ

日めくりを切り取り切りとり秋がきて忘れものした心地するなり

震えつつ月食観んと庭に立つ風邪を引くなと妻の声する

補聴器に己の声の反響す話し相手に届きているや

補聴器を付けて気づきぬ世間には耳遠き人あまたいること

補聴器の音の調整しながらの第九の演奏楽しみて聴く

パソコンのあそこ直せばここ不具合われの身体とどこか似ている

歌の友

忘年会に補聴器忘れ友達の話わからねど頷きて笑う

声が良いカラオケ得意かとたずねられ「下手なんですが好きなんですよ」

孵化したるメダカ百匹二百匹初日を浴びてスイスイキラリ

大切な耳飾りなる補聴器をしっかりと付けいざ歌会へ

孫歌を五百首詠めり爺バカを自認し詠めば可愛さの増す

音楽や写真とちがう言の葉の力信じて今日も歌詠む

北風に向かいてペダルを踏み込みぬ短歌《うた》を携え創作講座へ

図書館に本読む友の丸き背を久方ぶりに見つけ近づく

新聞歌壇の常連なりし歌の友朝刊ひらきてその名をさがす

北久保神父社会を厳しく詠いつぎ桜散るごと急逝されぬ

せせらぎは風音に消え立ち尽くすわが胸に聞く亡き君の声

如月の歌会果てて言の葉の海につかりし手足を伸ばす

一枚の紙

男性の料理教室材料の準備の全ては女性に委ねて

自治会の役員せよと迫られる七十二歳はまだまだ若いと

初めての住民投票の北本市　新駅建設すべきや否や

借金財政許さず市民は北本の新駅建設を中止させたり

「市民の会」は行政訴訟を起こしたり孫子に負担を負わせてならじ

年金はどんどんどんどん減らされて消費税アップが追い打ちかける

同人誌「修羅」の発行中止となる筆者は高齢原稿減りて

「便り」には「頼り」の意味のあると知る便りのなきが無事なるあかし

一枚の紙にも順目と逆目ありこころの襞に漣の立つ

幼児の前歯が抜けし口許に祖父母のわれら顔を見合わす

歯の痛み孫の笑顔にやわらぎぬ障子に揺るる春日のぬくし

「コアラだよ」と吾の手足にしがみ付く孫の成長止めてくれぬか

どうしても孫に勝てないトランプの神経衰弱　なぜだか解らぬ

碁会所

サンダルで行きし近所の碁会所に敗ければ憎らし顔なじみの友

楽しんで囲碁を打ち終え帰路につく雪の凍りし道を避けつつ

いつの日か我より強くなれと言いし憎き碁敵が先に逝きたり

囲碁大会真剣勝負無我夢中霜月尽日夕鴉啼く

決勝に負けて口惜し眠られず盤上の白黒浮かびては消ゆ

テレビ囲碁の真剣勝負に見入りたりハラハラしたりドキドキしたり

プロ棋士も大ポカ打って大逆転敗者の顔が大写しになる

いのちをこめて

何時の間にか狭き日本に原発の五十四基もあるに驚く

被災地の惨状に記憶がよみがえるかの戦争の東京空襲

「フクシマの仮設にて死亡」の記事のあり父のシベリア強制収容所を思《も》う

失いし命をこめて咲きたるや陸前高田のつなみ桜は
さくら咲き何か言われた気がしたり幹に寄り添いそっと見上げる

第四章

手術

ＣＴに血管の石灰化映されてカテーテル検査の入院となる

検査終え明日は退院その深夜狭心症発作　退院不可に

逝きし父の七十二歳と同じ歳　心臓バイパスの手術決まりぬ

一年にバイパス手術百件をなすとう医師団　頼もしき顔

四年前腹部大動脈瘤手術なし背に負う死に神いよいよ重し

心臓のバイパス手術うけますと父母の位牌に手を合わせたり

出血の多すぎしゆえ再手術恐れのありと台に留めらる

ＩＣＵから出てきた顔は死んでいて瞼が微かに動いていたと
死に顔を妻と子供に見せたるや全身麻酔十二時間に

ざっくりと脚より血管引き抜きてバイパス工事に使いたるらし

ナースコール

三日後には立ちて歩けるようになる心臓バイパス手術成功

吾の腹に人工血管、心臓にバイパス三本新設されし

身体から幾多の管の外されて身の軽くなり頭をあげる

パソコンに食事残量打ち込みつつ挨拶してる若き看護師

一日中胸に付けたる計測器看護師詰所に監視されるや

病室のナースコールを点検す故障することもあるのだろうか

寝汗かき夢にうなされ目覚めれば看護師われを見守りくるる

洗濯物を取り替え妻の帰りゆくその細き背を見送りており

手術後に歌詠まんとぞ紙とペン手探りさがす言の葉愛し

病院食の量は少なく間が持たぬベッドに隠れてビスケット食う

さあ今日も入院生活始めます補聴器付けて回診を待つ

病院ではゆっくり静養出来ません手術の後の検査、リハビリ

繰り返し吾に歌ありと言い聞かせ鉛筆握る　消灯時間

街の灯り

今日ひとひ静かに暮るる病院の窓より眺む街の灯りを

患者みな窓に寄りきて眺めいる小江戸伊佐沼の打ち上げ花火

病室の窓より眺める大花火彼の世とこの世を繋ぎてひらく

花火終え街は白々明け初めぬ退院の日が近づいてくる

妻子孫と面会場に語らえど病室に戻れとナースの声す

家族らと帰りたくとも帰れないその夜全身むくみて痒し

看護師は汚れますがとマジックで湿疹箇所を黒く囲いぬ

ベッドの上あまたの抜け毛目にとまる入院生活長引いている

絵手紙

入院の吾に届きし絵手紙の片眼の達磨と睨めっこする

「胸骨の剝離となれば命取り」リハビリの医師さり気無く言う

リハビリにバストバンドを巻き付けて歩行訓練汗の噴き出る

自転車も車も運転禁止とう胸骨ぴったりくっつくまでは

脚の傷治ればすぐにも退院と医師は言いたり幾たびも言う

真夜中に迎えの列車の夢みてるトトロの森はあかり灯して

夢は醒め線路は消えて広々と緑の畑八月の朝

薬剤師に薬の自己管理をと言われたり退院間近の生活準備

八人部屋

病院食うましうましと完食す薄き味にも慣れてひと月

昼食に刻んだうなぎの添えられて「今日は土用の丑の日」とメモ

八人部屋患者同士は語り合う己が手術の一部始終を

真夜中に咳する患者の隣にて予防のマスクし一夜眠れず

「結核菌感染のおそれ受検せよ」保健所からの電話に竦む

手術後の患者の室に保菌者を入室させる医療の現場

退院

朝日子に紅く染まりし夏雲へ今日退院と告げて合掌

退院に花火の伊佐沼一巡り冷や汁うどんを妻子とたべる

我が家の木の肌ざわり干されたる布団の温もり手足を伸ばす

退院祝に花束届けてくれし歌友《とも》　四十日間花はなかった

「ようこそ」とパソコンが吾を迎えたり溜まりしメールの返信を打つ

無事退院　医師看護師への礼状に短歌《うた》添え五通ポストに入れる

ダンゴムシ五匹捕れたと手に載せて孫走り寄る雨後の庭先

出来ないといじける孫を慰めるブランコ漕ぎはそのうち出来るさ

露地菊

今日よりはラジオ体操立ちてなす心臓バイパス手術後ふた月

カプセルの一錠落とし探しいる食後の薬は八種類あり

間違えず薬を仕分け飲みました空のカプセル茶碗いっぱい

入院中使用してこし吾の湯呑み新茶を注ぎゆっくりと飲む

鰻丼にタレを掛けずに食したり病院食に馴染みし吾は

「ごちそうさま」毎日言おうこれからは妻のつくりし減塩料理

癒えてゆく手術後半年露地菊の清らに匂い咲きそろう庭

たった一度の

風呂あがり鏡に身体映しみる首から足まで傷痕目立つ

心臓のバイパス手術をせし傷が秋の冷気にしくしく痛む

腸からの大出血あり貧血にまたも死に神襲いてきたる

心音の激しく鼓膜にひびきくる止血をなして絶食三日

バイパスは無事に役目を果たしたり一週間し退院となる

吾の余生十年ほどのことならん病に向き合い歌に向きあう

たった一度の人生なれば好きなこと楽しきことを続けんと思《も》う

手術前の身体に戻りスイミングゆっくりゆっくりクロール泳ぐ

白と黒

紅葉のいくひら舞い散る露天風呂男体山に夕日落ちゆく

日光の植物園の紅葉に染みつつ思うわれの来し方

孫からの早く帰れの携帯の着メロ響く囲碁の席にて

囲碁二局打ちて早ばや帰宅する術後の身体無理するなかれ

棺桶に碁石を入れよと妻に言う冥土にて父と囲碁楽しまん

盤上にびしりと打ちし白と黒一度沈みて浮かびあがりぬ

河川敷に台風一過の水たまり入道雲がゆっくりと過ぐ

計三〇七首

あとがき

私と父は暇さえあれば囲碁を打っていた。まだ幼かった子供たちは碁盤の回りを走り廻っていたが、父と私は無言で酒を呑みながら対局を続けた。父は軍隊や、シベリア強制収容所の話は一切しなかった。筆舌に尽くし難い辛苦を黒白の石に込めて盤上に置いていたのかも知れないと今にして思う。近所の碁会所や囲碁大会にも一緒に参加した。父の亡くなるまでの三十年間の対局は一万局にも及んだ。言葉にはならない父と私との心の対話であった。

二〇〇五年に『父の一手』―シベリア帰りのダメづまり人生―を上梓した。父の遺した「戦争とシベリア抑留記録」を中心に、自らの生い立ち、父との葛藤や囲碁のこと、両親の介護から亡くなるまでの家族の日常を纏めたエッセイ集である。両親を見送った後、自らの来し方を総括し、一つの区切りにしたいという思いからの出版であった。

私は趣味の囲碁、テニス、山登りを楽しみ、好きな酒を呑んで死ねれば本望と安楽に考えていたが、二〇〇九年に腹部大動脈瘤の手術をし、更にその三年後に心臓バイパス手術、腸の憩室からの二度の大出血と次々大病に襲われた。何とか生きのびてこられたのは、その間の私を支え続けてくれた家族のお蔭と感謝している。そして私には歌があった。

私は現在三つの歌会に参加している。一つは大西民子先生が北本市民の文芸発展のために始められた「せせらぎ短歌会」。当時からの会員である郷玲子氏が現在会長を務めておられる。もう一つは、水野昌雄先生の短歌教室終了後に会を引き継がれた斎藤毬子氏の「けやき短歌会」である。平林静代先生の「文学館短歌会」は発足時から参加し今年で四年目になる。

歌歴の浅い私であるが、二〇一三年の「現代短歌社賞」三〇〇首の応募に思い切って挑戦をした。締め切り間際に前記の手術となり、病に打ちのめされている私に平林先生は「紙と鉛筆さえあればいつでも歌は詠める…闘病生活に短歌を生きがいにして…この三〇〇首に貴方の人生がある」と励まして下さった。

現在まで歌を続けてこられたのは、各歌会の良き指導者、良き仲間との出会いがあったからこそ、と感謝しています。

歌集出版にあたり平林先生には選歌、装丁、序文、作品の構成等、一切のお世話を頂きました。厚く御礼申し上げます。表紙の蓮の葉にキラリと光る一滴《しずく》は「父の次の一手」のように思えます。

エッセイ集『父の一手』の出版から十年、そして敗戦後七十年という大きな節目に、歌集『石の響き』を出版出来ますことはこの上ない喜びです。これを機に明日へ向かって又新たな一歩を踏み出そうと思っています。

最後になりましたが現代短歌社の道具武志様、今泉洋子様には格別お世話になりました。心から御礼申し上げます。ありがとうございました。

二〇一五年二月一九日　雨水の朝に

立石武男

立石武男略歴

1940年12月8日　東京田端に生れる
1960年　東京都千代田都税事務所勤務
1964年　中央大学法学部　卒業
1970年　東京都住宅局へ転勤
2001年　東京都を定年退職
2005年２月24日　エッセイ集『父の一手』を出版

歌集 石の響き

平成27年５月15日　発行

著　者　立　石　武　男
〒364-0035 北本市西高尾1-93
発行人　道　具　武　志
印　刷　㈱キャップス
発行所　現代短歌社
〒113-0033 東京都文京区本郷1-35-26
振替口座　00160-5-290969
電　話　03（5804）7100

定価2500円（本体2315円＋税）
ISBN978-4-86534-091-4 C0092 ¥2315E